Caminantes somos

Angela M Aguirre, Ph.D

Copyright 2024 Angela M Aguirre, Ph.D Todos los derechos reservados.

Formateado y preparado para su publicación por Native Book Publishing.

www.nativebookpublishing.com

Estimado lector

Estimado lector, mucho te agradezco que tengas este ejemplar en tus manos y que te dispongas a leer mis poesías. Nunca presumí de poeta y mucho menos de filósofa, pero de tanto manosear la literatura de nuestros ilustres escritores, se nos ocurre que algo podríamos aportar, de alguna manera en este quehacer literario. Me gustaría darte algunas pautas para ayudarte en la interpretación, ya que algunos poemas podrían parecerte algo oscuros o de difícil comprensión.

En primer lugar, siempre he pensado que nosotros pasamos por la vida como transeúntes, caminantes, peregrinos, marineros, etc. Estos solo son metáforas. Aunque no seamos viajeros vivimos de espacio en espacio. Es decir, que la realidad se nos presenta, no como al gran filósofo alemán Immanuel Kant, sino como espacios cambiantes que nada tienen que ver con el tiempo objetivo, o sea, el tiempo de los relojes, calendarios ni otros medios de medir el "tiempo".

En segundo término, no soy nada pesimista, por el contrario. Pero sí, hay muchas notas tristes o de tonos pesimistas y nostálgicos en algunos poemas; pero ¿cómo no serlo en estos tiempos en que nos ha tocado vivir? Y, además, haber tenido que abandonar mi patria a una edad temprana para nunca volver. Todos estos elementos se conjugan de alguna manera en este volumen, que espero sea de tu agrado.

Con todo mi agradecimiento,

Angela M Aguirre

Índice

Dedicatoria 1

Agradecimientos 2

La autora 3

Soy el caminante 4

El peregrino 5

Caminante solitario 6

Soledad 9

Preludio de amor 12

Marinero ausente 14

Amor perdido 15

De profundis 17

Sobre las olas 19

El tiempo 20

Finalmente 22

Alzheimer's 23

Brumas 24

La ladrona 25

Virgen del Calvario 26

Ríos 27

Ruego a la luna 28

A la golondrina amiga 29

Volver a Cuba 30

Meditación en Los Corales 35

Recuerdos 39

Selfie 40

La espina perdida 42

Sueños 43

Soy 45

Hoy y mañana 46

Mi esperanza 47

Perdón 48

Diálogo frente al espejo 49

A mi madre ausente (E.P.D.) 51

Transformación de la vida (A mi hermana Clarita, E.P.D.) 52

Añoranza 53

A una amiga en su cumpleaños 54

A Dianita. (Homenaje póstumo) 55

Hijo mío 56

A una amiga traumatizada 58

Soy un ser contradictorio 61

Buitres 62

El águila arrogante. 63

A Eva en su cumpleaños 65

Manito vacía 66
Capítulo final 69
Gaviota del cielo 71

Dedicatoria

Dedico este trabajo con todo mi cariño a las siguientes personas de mi familia que en vida me estimularon y me ayudaron a ser la persona que soy: A mis padres Leocadia y Máximo Aguirre, a mi hermana Clarita Bringas, y a mi esposo Meyer Mike Kaplan. Que Dios los tenga en un lugar especial.

Agradecimientos

Debo un inmenso agradecimiento a las siguientes personas:

A mi hermana Belia Verdecia sin cuya ayuda y consejos me habría sido muy difícil la publicación de este volumen. A mi sobrina Olga Verdecia por su paciencia y dedicación en su asistencia en el proyecto. A Lourdes Tarrats por sus críticas constructivas y a Alis Lozano por su paciencia y colaboración técnica. A mis sobrinas Jennie, y Eva y a mi hermana Caridad que de alguna forma también contribuyeron a la culminación de este trabajo.

La autora

La doctora Angela M Aguirre nació en Cuba y muy joven se trasladó a Nueva York donde cursó estudios de filosofía y literatura en el City College of New York. Fue becada para asistir a la Universidad Hispalense de Sevilla, España por un año donde estudió filología moderna y más tarde se doctoró en Filosofía y Letras por el Centro de Estudios Graduados del City University of New York (CUNY). La Dra. Aguirre ha enseñado literatura y lengua española en Queens College, Hunter College y City College en New York. En Pennsylvania enseñó en Gettysburg College y en Lebanon Valley College. Finalmente fue catedrática en el departamento de Languages and Cultures en William Paterson University de New Jersey. Allí fue Chairperson del departamento; durante su permanencia de veinte años publicó numerosos artículos, dictó innumerables conferencias y publicó el libro *Vida y crítica literaria de Enrique Piñeyro, (1981)*. Después de su jubilación editó y publicó el libro de su padre *Cuba mi patria que adoro (2012)*. Ha escrito varios cuentos infantiles aún inéditos.

Soy el caminante

Soy el caminante que un día partió
en busca de un sueño que nunca logró;
ligero es mi paso de andar peregrino
por montes y valles abriendo caminos.

Tengo la esperanza de un día llegar
a un sitio tranquilo para descansar
y allí bajo el cielo colmado de estrellas,
olvidar mis penas y borrar sus huellas.

El peregrino

Largas distancias recorre

en su andar el peregrino

piensa que abriendo caminos

su sino habrá de cambiar.

No sabiendo que su andar

jamás cambiará su suerte,

al final sólo la muerte

como premio ha de obtener

no importa el mucho el saber,

ni las lágrimas que vierte.

Caminante solitario

Dime virgen peregrina,
reina de la lontananza,
¿Dónde se halla la esperanza
de aquél que solo camina?
Marchita su frente inclina,
mas su misión es andar;
solo se pone a cantar
bajo la lluvia y el sol,
imitando al ruiseñor
que vive allá en el palmar.

Caminante solitario,
tú que cargas en tu andar
por las estelas del mar,
con la cruz de tu calvario.
Dime si eres temerario
y no te quiebra el dolor,
exponiéndote al rigor

de la soledad que mata,
esa compañera ingrata
que no conoce el amor.

Caminante que soñando
vas por las calles del mundo
con pensamiento profundo,
con el corazón sangrando.
De tus dioses lamentando
el abandono total,
mas no detienes tu andar
por caminos ni veredas,
ya vendrá el día en que puedas
en un rincón descansar.

Allí en la fosa sin flor
un epitafio sin nombre,
Aquí descansa aquel hombre
Que no conoció el amor.
Valiente enfrentó el dolor
del mundo y su crueldad;

nunca creyó en la maldad,
buscaba un mundo sereno
donde habitara lo bueno,
la belleza y la verdad.

Soledad

¿Dónde encontrar la verdad
en este angosto camino?
se pregunta el peregrino
sintiendo su soledad.
Duda si la encontrará,
mas no se da por vencido;
ancho mundo ha recorrido,
no se queja de su suerte
y a la hora de su muerte
el monte será su abrigo.

¿Qué mano consoladora
cerrará sus ojos yertos,
allí solo en el desierto
cuando le llegue la hora?
Donde no arrullen las olas
con su natural tronido,
donde las aves sin nido

no le sirvan de consuelo,
donde es más oscuro el cielo
que el rigor con qué ha vivido.

Nacemos solos, verdad,
y allí en la cuna lloramos,
luego nos incorporamos
a enfrentar la realidad.
Después la comunidad
de familiares y amigos
nos brinda calor y abrigo
sin entender la razón
que nos quema el corazón
como si fuera un castigo.

Y así por el mundo andamos
como las piedras rodando,
sin rumbo vamos buscando
lo que jamás encontramos.
Y cuando al fin entregamos
el alma ya destrozada,

de sufrimientos cansada
y desengaños cautiva,
sin la verdad que lo esquiva
solo bestias despiadadas.

Preludio de amor

Caminante que vas por la selva
con tus sueños y alegre cantar,
no te olvides que espero que vuelvas
para juntos un mundo crear.

Del sinsonte en su claro trinar
oigo el eco de tu risa loca
y mil veces ansiando tu boca
el lucero me ha visto llorar.

Si Penélope supo esperar
destejiendo en sus noches sin sueño
los tapices que habrían de abrigar
la esperanza de ver a su dueño.

Yo en mis noches de inmensas quimeras
tejo un manto con dulce ilusión

y al igual que Penélope diera
a raudales mi vida y mi amor.

Marinero ausente

Marinero que cruzas los mares
tras un sueño que no has de alcanzar,
no te olvides de tus viejos lares
quizás algún día querrás regresar.

Si buscaras amor en las olas,
en la arena o a orillas del mar,
no te olvides de tu caracola
y tu sirenita de dulce cantar.

Amor perdido

Va por las calles vagando
sin saber adónde va
el caminante llorando
sus sueños de mocedad.

Lleva en su pecho una flor
sobre su cabeza un manto;
va buscando un gran amor
causa de su desencanto.

La brisa al pasar lo besa,
el sol le quema la piel;
y en medio de su tristeza
sólo piensa en su querer.

Brilla en el cielo una estrella,
se oscurece el horizonte

y ha encaminado sus huellas,
por la ruta que va al monte.

Arrodíllase en la roca
más alta que mira el valle;
abre despacio la boca
y se escuchan tristes ayes.

Caminante fue tu suerte
y tu destino el dolor;
hoy pagaste con la muerte
el precio de un gran amor.

De profundis

Lluvia sobre la colina,
luna llena de esperanza;
lleva corona de espinas
sandalias rotas sin calzas.

El peregrino en su andar
no se detiene por nada;
lleva ya muchas jornadas
sin su cuerpo alimentar.

La vista en el horizonte,
el corazón compungido;
el peregrino ha seguido
la ruta que lleva al monte.

Híncase allí el peregrino,
retumba el monte a su voz

y entre rosáceos espinos

a sus dioses invocó.

"Perdón por haber nacido,

perdón por tomar el pan

que otro pobre ha merecido

y yo he venido a usurpar".

La lluvia cesó al instante;

el cielo azul se tornó,

y envuelto en un sol radiante

el peregrino quedó.

Sobre las olas

Por sobre las olas cantando yo voy
bebiendo la espuma quemada del sol;
y si las estrellas me quieren besar
permiso a las aguas habrán de implorar.

Yo soy marinero que viene y que va
inquieto y sin dueño, sin patria ni hogar.
Yo soy la alegría, la risa, el dolor...
detengo mis pasos para oler la flor.

El tiempo

El futuro con qué contábamos ayer
hoy es presente
y es el pasado de mañana,
entonces, ¿A qué le llamamos tiempo?

El tiempo no existe,
nosotros andamos
por ciclos de espacio
que por conveniencia
tiempo le llamamos.

Todo es relativo
nada estacionario;
la tierra rodando
nosotros andando
al ritmo de síncronos
espacios mutando.

Hay un infinito

girando en un vacío

ajeno a las horas, los días, los años.

Y nosotros, terrestres,

humildes viajeros

de espacio en espacio

hasta que llegamos.

Finalmente

Finalmente, peregrino,
habrás de llegar un día
a tu marcado destino
que es el fin de tu agonía.
Y vivirás en tus versos,
te acunarán las estrellas;
ángeles te arrullarán
con las canciones más bellas.
Te arrebatará la luna
con romántico candor,
y brillarás más que el sol;
pero...
Piensa que la vida es una,
vívela con mucho amor
que ésa es la mayor fortuna.

Alzheimer's

Torbellino de palabras
que se agolpan en la mente
porque no acierta a expresarlas
de manera coherente.

Es valladar de tropiezos,
un callejón sin salida,
un camino muy estrecho
en una mente perdida.

Y cuando viene a encontrar
la expresión más adecuada
la conversación pasada
ya no puede recordar.

Brumas

Lentamente me interno en esta noche gris,
la que todo lo borra llevándose mi vida;
todo muy en calma, todo muy silente,
me pierdo en esta bruma oscura de mi mente.

Ya no tengo recuerdos de todo lo vivido,
sé que en esta cárcel alguna vez fui libre,
feliz y enamorado de toda la alegría;
ahora sólo quedan fragmentos de recuerdos
que cual nubes ligeras me miran y se van.

La ladrona

Me miras, no me conoces,
me llamas por otro nombre.
¡Cuánta tristeza en tus ojos!
¡Cuánto dolor en mi alma!

Tu dulce sonrisa queda
aunque no sabes que ríes;
toda mi alma yo diera
por devolverte la vida.

La vida que te ha robado
esa maldita ladrona
y lentamente nos lleva
arrastrando esta cadena.

Virgen del Calvario

Virgen del Calvario que con amor doliente
junto al sacrificio de tu Hijo amado
lloraste inconsolable su inevitable muerte
para salvar al mundo del mortal pecado.

Te pedimos Señora, con fervor ardiente,
implores de tu Hijo con tu amor piadoso
nos ayude a librarnos de la peste extraña
y a erradicar del mundo la mortal guadaña
del Coronavirus, impío, maligno y tenebroso.

La humanidad te ruega nos ayudes
y en cambio prometemos ser mejores;
amarnos y cuidarnos mutuamente
y ser en lo adelante más prudentes.

Ríos

Esos ríos que ves en las praderas
en los montes, en los llanos,
en las calles, en las caras,
en los ojos de los niños
de los viejos, de los sanos,
son lágrimas que han brotado
de quienes hemos quedado
llorando a seres queridos
que la plaga se ha llevado.

Ruego a la luna

La luna llena me mira al pasar
sonrisa en los labios, dientes de azahar;
ay luna plena de amor y dulzura
quién no te comprende no tiene ternura.

Reflejos de fuego por sobre la mar
marcando el camino de mi deambular;
ay bella luna que rielas tus rayos
por sobre la grupa de blancos caballos.

Detén tu camino, mira mi agonía,
retorna la calma que tuve otros días;
ay luna llena de signos de amor
no me desampares, mira mi dolor.

A la golondrina amiga

Oh, hermosa golondrina
que vas cruzando los mares
con tus alitas cansadas
vas desafiando los aires.

Adónde irás peregrina
llorando tu triste suerte
¿Vas volando hacia la muerte
con tu piar en sordina?

Préstame de tu valor
aunque te sientas rendida,
¡Ay! golondrina perdida
que no descanse tu vuelo.
Yo quiero volar al cielo
junto a ti, mi buena amiga.

Volver a Cuba

Yo soy como la guitarra
que lleva la tripa afuera,
cantando como cigarra
al romper la primavera.
Volver al campo quisiera
de mi campiña cubana,
oír sonar las campanas
de la iglesia en mi bohío
y en las márgenes del río
comer mangos y guayabas.

Colgar mi hamaca de saco
bajo la ceiba frondosa
y contemplarme dichosa
desbotonando el tabaco.
Me pongo a cantar un rato
porque me inspira el olor

de los naranjos en flor,
de campanillas y acacias
y dándole a Dios las gracias
me olvido de mi dolor.

Escribir mi nombre allí
en aquellas cañabravas
que crecen en la cañada
cubierta de tibisí.
Donde el verso de Martí
dejé cifrado en su tallo,
allí donde mi caballo
brioso me revolcó,
allí contemplara yo
del sol sus últimos rayos

Y esa estrella solitaria
que me observa desde el cielo
sabrá de muchos desvelos
y de todas mis plegarias.

Ella sabrá de mis ansias
de volver a mi bohío,
de bañarme en aquel río
que en mi infancia me arrulló
allí volvería yo
a dejar los huesos míos.

Quisiera llegar temprano
un día de primavera
vestida de guayabera
con un sombreo de guano.
Con la guataca en la mano
lista para comenzar
la labranza que ha de dar
su fruto abundantemente
porque el sudor de mi frente
mi tierra habrá de premiar.

Con qué alegría el sinsonte
me regalará su trino

y el colibrí, tan genuino,

me señalará su monte.

Me beberé el horizonte

con su arcoíris de seda;

me dormiré en la arboleda

que un día me alimentó

y que jamás me olvidó

a pesar de sus quimeras.

Llevo en mis venas dulzura

de la caña cristalina

es la mejor medicina

para curar la amargura;

y mantener mi alma pura

con los recuerdos de ayer

porque quisiera volver

a mi campiña cubana

y ser la semilla sana

que volverá a florecer.

En la distancia proclamo
mis emociones cantando
y estos versos declamando
"Sin patria, pero sin amo,
tener en mi tumba un ramo,"
qué más quisiera en mi vida,
allá en mi Cuba querida,
allá es donde anhelo estar
y morir junto a un palmar
en mi Patria bendecida.

Meditación en Los Corales

En Los Corales yo estaba
tomando una siestecita
cuando alguien dijo "Angelita."
qué extraña voz me llamaba.
¿Quién será?, me preguntaba,
que en este sitio escondido
del paraíso perdido
mi nombre va proclamando.
¿Será que estaba soñando?
o me fallan los sentidos.

Los pajarillos cantaban,
las palmeras se mecían
y en su vaivén me decían
al son de la brisa suave,
es Dios que manda las aves
a hablarte en sus melodías,

con hermosas sinfonías,
–justa expresión del amor–,
para aliviarte el dolor
de otros tiempos, de otros días.

El pitirre pregonaba
su nombre incesantemente,
y el sinsonte muy prudente
en su trinar lo imitaba.
Mientras yo me deleitaba
al arrullo de la palma.
En tan seductora calma,
tanta quietud frente al mar,
sola me puse a charlar
con Dios dentro de mi alma.

Dime, Dios, tan poderoso
hacedor del universo,
¿Por qué no me das un verso
que haga mi nombre famoso?

Tú eres misericordioso,

tú me puedes ayudar;

con mi canción quiero hallar

paz, amor, luz y consuelo

pero carezco del vuelo

en mis ansias de cantar.

"Yo te he dado, dijo Dios,

para tu honor y grandeza

toda esa naturaleza

que por ti he creado yo.

Te di la luna y el sol,

el universo y el mar,

te hice libre en el pensar,

te di alma y corazón

y también te di pasión

para que puedas amar".

En silencio me quedé

meditando en tal reproche

y en la quietud de la noche

perdón del cielo imploré.

La paz al punto encontré,

el amor me dio la calma;

la luz llegó hasta mi alma

precursora del consuelo,

"tu verso ya tiene vuelo",

me susurraba la palma.

Recuerdos

Con todos los recuerdos de experiencias pasadas
voy cargando la cruz de todo lo vivido;
mariposas azules y nardos prohibidos
coronan mi memoria cual perlas cultivadas.

Con caricias de aromas que me arrullan el sueño
voy soñando despierta con auroras de rosa
y mi voz, mi cantar se hacen pompas curiosas
como estrellas fugaces que naufragan al viento.

Selfie

Yo soy como el pedernal
que da chispa si lo rozas
la más dura de las rocas
del agreste pedregal.
Luego me quieren tratar
como si fuera de seda;
me la juego con cualquiera
porque me parece a mí
que soy como el cuyují
y más valiente que las fieras.

Yo soy cubana y guajira
y no conozco el temor;
no me amedranta el rigor
que a veces me da la vida.
Jamás me doy por vencida,
me viene desde la infancia;

si esto parece arrogancia
me perdonan la rudeza
yo prefiero mi franqueza
a la inmodesta prestancia.

Si llegara la ocasión
de encontrarme con Atila
lo enfrentaría tranquila
confiando en mi corazón.
Esa es la justa razón
de la fe que me sostiene
porque mi energía viene
de una fuerza sobrehumana
quizás porque soy cristiana
que algo de misterio tiene.

La espina perdida

Cuando me pongo a buscar
en el libro de mi vida
siento una espina perdida
y no la puedo encontrar.
Es como hincarse a rezar
a un dios que no está escuchando,
es como estar deambulando
en un desierto de arena,
esa espina que me quema
ésa es la que ando buscando.

Sueños

Yo voy soñando despierta
mis ilusiones pasadas
no están vivas ni están muertas,
sencillamente guardadas.

Mi soñar no es duermevela
tampoco es sonambulismo
es más bien como una rueda
girando sobre lo mismo.

El tiempo gira en su entorno
los sueños giran también
como diamantes al horno
se funden y brillan bien.

Tiempo, sueño, olvido, nada,
el espacio de mi vida,

que un día será olvidada

como una cosa perdida.

Soy

Soy frágil como el cristal,
como el rocío en la aurora,
como la espuma del mar
cuando la baten las olas.

Me duermo en las caracolas
que me arrullan en vaivén;
sé volar alto también
donde la maldad no alcanza;
soy la fe, soy la esperanza,
soy de la vida el sostén.

Hoy y mañana

Siento la alegría de estar viva,
de saber que la suerte me protege.
Esta vida es un soplo y es salida
para el reino de eterna plenitud.

Me contemplo feliz y enamorada
en el reino que nunca tiene fin;
arcoíris, palomas y rosales
adornan mi morada de rubí.

Y en la paz que me arrulla el corazón
voy contando momentos que viví
con amigos, amores, alegrías
que atesoro aquí dentro de mí.

Mi esperanza

Y yo me iré por el camino de mis sueños
una tarde de mayo con mi jardín florido,
mi verbo, mi arcoíris, mis amigos,
mi universo verde se quedarán dormidos.

Y volverá la aurora con su rosáceo manto,
despertarán las ninfas que en mi jardín jugaron;
mis sueños volverán y el verbo mío
resurgirá del polvo en inocentes labios.

Perdón

Hoy quiero olvidarme de todas las ofensas
recibidas de enemigos, amigos, e indiferentes;
hoy quiero recibir perdón de agravios
que he causado a mi paso por la vida.

Y entonar un himno prodigioso
que hasta el cielo a los ángeles alcance,
y que calme la iracundia que deshace
el amor, la bondad entre los hombres.

Diálogo frente al espejo

Soy tu amiga y compañera
nunca debes de olvidar;
te acompañé en tus quimeras
de vida loca sin par.

Juntas reímos, lloramos,
además, juntas pecamos.
Te di pasión y alegría
también te enseñé a pensar.

Hoy me desprecias, me olvidas
y me tratas con rigor
ignoras que de mi vida
siempre te di lo mejor.

Piensa que esta vida es nada
nuestro destino es andar

con juventud arrugada

hasta que llegue el final.

A mi madre ausente
(E.P.D.)

Tengo sed de ti

hambre de ti;

me duele el alma

porque ya no estás.

Besar quisiera tu blanca frente

y la más dulce canción cantarte

y en mi regazo, madre, arrullarte.

Transformación de la vida
(A mi hermana Clarita, E.P.D.)

Mirábame en el espejo
cuando la luz se apagó
y al no ver más mi reflejo
mi vida se transformó.

Mas por ello no cesó
de existir lo más sagrado,
mis hijos, que son mi faro
de sentimientos profundos,
y al despedirme del mundo
volé feliz junto a Dios.

Añoranza

Esta noche quiero amarte
como nunca lo sentí;
llevo una daga en el pecho
y un fuego dentro de mí.

Auroras vienen y van
el tiempo se me rompió.
Cómo quisiera tenerte
amor que de mí volaste
hacia otras tierras lejanas
donde pronto me olvidaste.

¿Qué es la vida sin amor?
un espíritu doliente,
un árbol seco sin flor,
un desierto permanente.

A una amiga en su cumpleaños

Cuando la noche tiende su manto
la mariposa viste de azul,
y el firmamento, magia y encanto,
sus alas cubre con suave tul.

Ay mariposa que alegre vuelas
en mi jardín al atardecer,
no te detengas, iza tus velas,
lánzate al viento al amanecer.

Lleva en tus alas de seda fina
el dulce néctar de mi rosal,
y muy quedito dile a mi amiga
que le deseo felicidad.

A Dianita.
(Homenaje póstumo)

Ángel de la guarda que en el cielo estás
¿Recuerdas la alegría y ansias de llegar
imaginando cátedras que nos aguardaban
cuando un día, al fin, llegáramos a ser
profesoras, inspiradoras, impartiendo saber?

Amiga de mi alma te fuiste muy temprano
dejando a tus amigos, alumnos y familia
llorando eternamente la ausencia de tu amor.
Tu corazón de oro, tu intelecto y nobleza
te ganaron el trono junto al Gran Salvador.

Y yo aquí me pregunto:
¿Por qué siempre los buenos
se nos van tan de prisa
dejándonos las huellas
del camino a seguir?

Hijo mío

¿Dónde te encuentras hijo del alma? Escucho tu eco en la brisa desde aquel día que te arrancaron de mi ser. Yo era inocente y no sabía que aquellos nubarrones en el cielo eran preludios de tu existencia. Tú no tenías derecho a existir, hijo... y yo no tenía derecho a decidir.

¿Acaso te encuentras en la flor de la albahaca, o escondido en una gardenia para sorprenderme una mañana de abril cuando menos lo espere? Tu risa perfumará la brisa que pasa suavemente por entre los lirios y me susurrará al oído: "Madre, estoy aquí. ¡Soy tu niño!"

Te besaré en la frente, hijo mío, y nos iremos cantando una canción de cuna por sobre los rosales de la aurora.

A una amiga traumatizada

Vas por la vida penando
arrastrando esas cadenas
cual satánica condena
que el hado te va dictando.
Y yo te estoy observando
sin poderte consolar;
yo te quisiera ayudar
para aliviarte la vida
pero, mi amiga querida,
me tengo que refrenar.

Tu alma huérfana de amor
trémula en su soledad
cuando busca la amistad
sólo consigue dolor.
Se ha marchitado la flor
que pudo ser soberana,
estrella de la mañana

cósmica luz de una diosa
del jardín la más hermosa
sílfide o musa galana.

Bebes el mosto traidor
en la copa del silencio
imaginando desprecio
posesa por el rencor.
Ese gélido rigor
que te obliga a ser distante,
como si fuera un diamante
en tu regazo escondido,
tu corazón afligido
muere de amor anhelante.

Esos potros desbocados
que por tu mente desfilan
son los bárbaros Atilas
en tus desvelos creados.
Ven, disfruta el verde prado,
tú también tienes derecho

perdona el mal que te han hecho,

no seas más penitente

tú siempre fuiste inocente

libera tu noble pecho.

Soy un ser contradictorio

Soy dulce cual taumatina

amarga como el bitrex

soy virgen, mártir, soy karma,

maligna cual Lucifer.

Soy endemoniado ser

tengo luz, traigo la noche

hago del mal un derroche

de la bondad un castillo,

por mis aptitudes brillo

¡Contradicción por deber!

Buitres

Vuelan los buitres sobre mi cabeza,
me miran impacientes, no sé qué esperan;
después de lustros de no ver sus garras
aparecen simpáticas, patéticas y hambrientas.

Las aves de rapiña observan desde arriba,
mi pulso, mis quejidos, mi sueño y duermevela.
¿Esperan impacientes acaso que me muera
y reclamar despojos si es que alguno queda?

El águila arrogante.

Era un ave peregrina
que al cielo llegar soñaba,
firme y serena volaba
sobre las altas colinas.

La corona diamantina
que adornaba su cabeza,
la dotaba de belleza
de la más pura y más fina.

Pero tan alto voló
el águila de mi historia
que se convirtió en memoria
que pronto el pueblo olvidó.

Hoy sólo queda una sombra
de aquel águila arrogante

misteriosa y trashumante

que casi nadie la nombra.

Sirva de ejemplo y de gloria

que aunque es prudente soñar

nunca se debe volar

como el ave de mi historia.

A Eva en su cumpleaños

Eva, la niña preciosa,
sutil llegó a mi jardín;
jugaba a ser mariposa
de color verde verdín.

La mariposita hermosa
volaba de flor en flor
y entre jazmines y rosas
dejó enredado su amor.

Hoy lleva cinta rosada
mañana verde limón,
Eva, la niña mimada,
que me robó el corazón.

Manito vacía

Un angelito encontré
con su manito vacía
y llorando me decía
no sé si la llenaré.
Entonces le pregunté,
¿Qué quieres tener en ella?
y me respondió esa estrella
que está brillando en el cielo
mas soy chiquita y no puedo
volar para estar con ella.

En silencio acaricié.
su carita dulcemente
mientras besaba su frente
esta oración pronuncié.
Virgen del mundo, imploré,
con el corazón transido,
este angelito ha sufrido

porque ha perdido su estrella,
nunca te olvides de ella,
de rodillas te lo pido.

Los años fueron pasando
y el angelito crecía
feliz, llena de alegría,
su dolor casi olvidando.
En su camino encontrado
flores, triunfos, poesía;
mas ella entre sí decía
*Algo no entiendo en mi vida,
hay una estrella escondida
muy hondo en el alma mía.*

Y se encontró una mañana
un lucero refulgente
que relumbraba en su frente
con destellos verde y grana.
esa insignia soberana
te hará volar hasta el cielo,

y alcanzar aquel anhelo,

que en tu infancia no entendías

con tu manito vacía,

hoy la llena de consuelo.

Capítulo final

Este tormento infinito
como las ondas del mar,
para más dolor causar
viene y va muy despacito.

Yo me pregunto angustiada
¿Será que yo sola siento
el azote tan violento
de mi juventud truncada?

Y cuando vuelvo a mirar
todo el camino que he andado
reconozco que he tomado
más de lo que pude dar.

Qué contradicción vivir
llevando a cuestas la muerte;

no me quejo de mi suerte
por darme el don de sentir.

Llegar al fin de la vida
como si fuera soñando
y las campanas doblando
me anuncian la despedida.

Gaviota del cielo

Gaviota del cielo,
gaviota del mar,
llévame en tu vuelo
a mi dulce hogar.

Por tierras extrañas
vagamos inciertas
con la suerte huraña,
con la muerte a cuestas.

No dejes que muera
sin ver mis palmares;
mi tierra me espera
con brazos leales.

Gaviota del cielo,
gaviota del mar;

llévame en tu vuelo

para descansar.

www.ingramcontent.com/pod-product-compliance
Lightning Source LLC
Chambersburg PA
CBHW032211040426
42449CB00005B/549